I0550750

Le   24524

TROIS FABLES

SUR

LA GIRAFFE,

Par M. Jauffret;

AVEC UNE LITHOGRAPHIE REPRÉSENTANT LA GIRAFFE,

UNE NOTICE HISTORIQUE SUR CET ANIMAL,

ET

UNE TRADUCTION EN VERS LATINS DE LA PREMIÈRE FABLE,

Par M. Adolphe Jauffret.

A PARIS,

CHEZ PICHON-BÉCHET, LIBRAIRE,
QUAI DES AUGUSTINS, Nº 47.

A MARSEILLE,

Chez les principaux Libraires.

1827.

_La Giraffe (Rlle premiere.

Camelo pardalis. (Tabula prima).

Phil. Mathurin del 1827.   Lith. de Engelmann & Cie rue.

S$_i$ ces Fables ont été accueillies, par le public marseillais, avec une faveur qui n'est pas ordinairement accordée aux productions de ce genre, l'auteur ne peut se dissimuler qu'elles ont dû surtout cette distinction si flatteuse à l'impression d'étonnement que fait actuellement dans notre ville la présence de l'animal extraordinaire qui lui en a fourni le sujet.

Marseille n'avait vu jusqu'ici dans ses murs aucune Giraffe vivante. Paris ne possède que la dépouille imparfaite d'un de ces animaux, apportée d'Afrique par le voyageur Le Vaillant. La Giraffe qui va bientôt partir pour la capitale de la France sera le premier animal de cette espèce que cette cité célèbre aura reçu, vivant, dans son enceinte.

Habitante des régions intérieures de l'Afrique, la Giraffe était encore inconnue du tems d'Alexandre-le-Grand. Aristote n'en parle point. Le premier auteur qui en ait fait mention est Agatharchides, géographe et historien, qui vivait sous Ptolémée-Philometor selon les uns, sous Ptolémée-Alexandre selon les autres, environ un siècle ou un siècle et demi avant J.-C.

Depuis cette époque, la Giraffe a été quelquefois amenée en Europe; mais ses apparitions peu fréquentes ont toujours été rangées parmi les événemens remarquables.

La première que les Romains eurent l'avantage de voir parut à Rome sous la dictature de Jules César.

Varron, Strabon, Pline, Oppien ont parlé de la Giraffe, les uns sous le nom d'*Ovis fera*, les autres sous celui de *Camelopardalis;* mais les descriptions qu'ils en font sont pleines d'erreurs et de contradictions.

Horace, dans une de ses épîtres, peint l'étonnement qu'excite, parmi le peuple de Rome, une Giraffe ou un Eléphant blanc parcourant les rues de la capitale du monde.

Plusieurs empereurs ont donné la Giraffe en spectacle au peuple romain, soit à l'occasion des jeux séculaires, soit comme un trophée de quelque grande victoire remportée en Afrique.

S'il faut en croire l'historien Capitolin, Gordien, pendant son édilité, aurait offert aux Romains, dans les jeux du cirque, une centaine de Giraffes à-la-fois.

Ce nombre paraît exagéré, à moins qu'on ne pense, avec Zimmerman, que l'espèce de la Giraffe a beaucoup diminué, dans les tems modernes, par des causes qu'il serait trop long de développer ici[1].

Ce qui paraît beaucoup mieux constaté, c'est que le soudan d'Egypte, en 1487, voulant gagner l'amitié de Laurent de Médicis, surnommé le magnifique et le protecteur des lettres, lui envoya plusieurs animaux rares, et notamment une Giraffe qui fit l'admiration du peuple florentin.

Elle se promenait journellement à Florence, mangeant des pommes dans la main des dames qui les lui présentaient du haut de leurs balcons.

Ces détails sont consignés, avec beaucoup d'autres forts curieux, dans une lettre qui fut ad-

---

[1] Il n'est pas bien sûr d'ailleurs que Capitolin ait appliqué à la Giraffe le nom d'*Ovis fera*, quoique des auteurs estimés n'en fassent aucun doute.

dressée, par un savant contemporain, à Galeotto Manfredi, alors prince de Faenza ; lettre dont Samuel Bochart nous a conservé de précieux fragmens.

Le spectacle dont les habitans de Florence ont joui en 1487, a été offert aux Marseillais en 1827.

Les habitans de Paris vont bientôt en jouir à leur tour.

L'histoire ne manquera pas de le consigner dans ses fastes.

◗◗꞉◗꞉꞉◗◗◗◗◗꞉◗◗◗◗◗◗꞉◗꞉◗◗꞉◗꞉◗◗◗◗◗◗◗◗◗◗◗◗◗◗◗◗◗◗

FABLE I.

LA GIRAFFE.

— Ox vous a vu, Monsieur le Fabuliste,
Suivre, de loin, la Giraffe à la piste.
Cet animal, Léopard et Chameau,
Pour vous, sans doute, est un acteur nouveau.
Fier d'un bonheur que n'eut pas La Fontaine,
Vous voulez mettre une Giraffe en scène.....
— Oui, j'y rêvais; je ne m'en cache pas.
Quand sur nos bords elle marche à grands pas,
J'aime à lorgner cette beauté d'Afrique
Type vivant du genre romantique,
Son seul aspect est fait pour étonner.
Mais quel emploi, quel rôle lui donner!
— Un premier rôle, un rôle de Princesse
Courant le monde, et, dans tous les pays,
Fixant les yeux des peuples ébahis.
— Lui croyez-vous de l'esprit! — Une Altesse
Ne fut jamais en défaut sur ce point.
Vite, une fable; et ne balancez point.
Avant dix jours, cette rare merveille
Doit, pour Paris, abandonner Marseille.
Paris veut voir la Giraffe à son tour;
Peut-être même ira-t-elle à la Cour.....

✱

— Eh bien ! Paris, la Cour, lui feront fête.
Qu'elle s'y rende et suive son destin !
La Capitale est un séjour divin.
Là, plus qu'ailleurs, que l'on soit homme ou bête,
Qui vient de loin, et porte haut la tête,
Est assuré de faire son chemin.

FABLE II.

LA GIRAFFE ET L'ANTILOPE.

La Giraffe, en secret, disait, hier matin,
   A l'Antilope, sa compagne :
Ma bonne, nous allons nous remettre en campagne ;
On nous mène à Paris, et nous partons demain.
   Je crains, s'il faut être sincère,
Que mon cou de Chameau, ma robe de Panthère,
N'y fassent pas fortune. — On en raffolera.
   — Je marche vîte, et je m'en pique.
Mais, quand je cours, j'ai l'air de boiter. La critique
Saisira ce défaut, et Paris en rira.
   — Au contraire, quelqu'un dira :
   C'est une allure romantique!
   Et tout Paris applaudira.
— Quand on verra ce cou, rival du cou des Grues.....
— Un concert de *bravo* montera jusqu'aux nues.
— Oui ; mais.... — Que pouvez-vous appréhender encor ?
— Je bois, vous le savez, du lait.... C'est mon délice ;
Et je mène avec moi la Vache ma nourrice.
On dira que je suis..... — Digne de l'âge d'or.
— A vous entendre donc, nous serons bien reçues.....
— Des flots d'admirateurs vous suivront dans les rues !...
— On m'a fait peur du Nord et de ses longs hivers.
Nous pourrons regretter Marseille et nos déserts.

— La rigueur des saisons n'est que pour le vulgaire.
Paris est pour les grands un séjour enchanté.
    Les Altesses n'y craignent guère
Les glaces de l'hiver, ni les feux de l'été.
— Eh bien! soit. Mais encore un petit mot, ma belle :
    Nous partons. Paris nous appelle.
La foule va m'y suivre, écarquillant les yeux.
    Mais, dans ce pays merveilleux,
    Ma vogue se soutiendra-t-elle ?
— Que me demandez-vous ! Toute vogue a sa fin.
Au Grand-Caire, à Stamboul, à Paris, à Marseille,
    Souvent le peuple ingrat et vain
    N'attend pas jusqu'au lendemain
Pour plonger dans l'oubli l'idole de la veille.
    — J'ai donc raison d'être en souci.
Les grands ont, ici-bas, bien des revers à craindre.
— J'en conviens; mais hélas ! s'il n'en était ainsi
    Les petits seraient trop à plaindre.

FABLE III.

LA GIRAFFE ET SA NOURRICE.

La Giraffe, rentrant à la ménagerie,
Sa fidelle Nourrice en ces mots lui parla :
      Savez-vous ce qui se publie ?
Un savant vient de faire, en pleine Académie,
Votre panégyrique. — On m'a conté cela.
        Je m'en tiendrais fort honorée ;
        Mais, dans ce même discours-là,
        Je n'en suis que trop assurée,
        A l'Autruche on m'a comparée.
        Le bel éloge que voilà ! . . . .
— D'un ami qui nous loue un mot choquant s'oublie.
Vous direz à l'auteur quelques mots obligeans. . . . .
      — Pas du tout, Nourrice ma mie !
      Sa comparaison m'humilie.
Il a voulu flatter l'Autruche à mes dépens. . . . .
      Que l'Autruche le remercie !

L'orgueil est chatouilleux. Quand ce philtre vanté
Qu'on nomme la louange aux grands est présenté,
Il y manque toujours à leur gré quelque chose.
S'ils ne peuvent tout haut se plaindre de la dose,
Ils murmurent tout bas contre la qualité.

CAMELOPARDALIS,

FABULA.

— Tu modò studioso, Fabulator, lumine
Ponè sequebare Camelopardalem : duplex,
Cameli scilicet ac Pardi, referens genus,
Hoc tibi novæ animal jàm fit actor fabulæ;
Fontaniique camænâ fortunatior
In scenam invehere tua Camelopardalem
Musa parat! — Hæc me mente non negaverim
Volvere. Dùm extento urbem perambulat gradu,
Me juvat africanum speculari miraculum
Omnem exsuperantis regulam exemplar styli.
Stupendo aspectu conspicua est; sed quam geret
Personam ? Quæ ipsi à me tribuentur munia ?
— Altissima sanè munia : ac veluti potens
Regina, totum concursans orbem, omnium
Mirabunda in se lumina vertet gentium.
— Divite-ne ingenio prædita ? — Nunquàm Principi
Defuit ingenium. Ne dubites diutiùs ;
Age, age, fabellam citiùs exprومito : dies
Antè decem, hoc nostra reliquerit rarissimum
Littora prodigium, petieritque Lutetiam.
Sequanica impatiens ora Camelopardalem
Jàm vocat; hanc forsan aula excipiet!..... — Scilicet

Aulæque fórique sequetur advenam favor ;
Eat ergò, ac talem ne fortunam repudiet.
Dulce quidem hospitium regia præstat civitas :
Ibi etenim aut nusquàm, pecudem hominemve intelligas,
Successu emergit non ancipiti, quilibet
Venit è longinquo, et celsâ cervice eminet.

ON TROUVE AUX MÊMES ADRESSES:

Les FABLES NOUVELLES, par M. Jauffret, seconde édition, 2 volumes, format in-8° ou format in-12.

Les LETTRES sur les Fabulistes anciens et modernes, par le même, 3 volumes, format in-12.

MARSEILLE. — IMPRIMERIE D'ACHARD, RUE St-FERRÉOL, N° 64.

« Brahmane, ton fils a pris une maladie, fais le soigner par le
médecin. — Ma chère, si je t'amène un médecin, il faudra le payer
en nourriture. Tu ne fais aucune attention à la dilapidation de ce
que je possède! — Alors que vas-tu faire, brahmane? — J'agi-
rai de façon à n'avoir rien à payer. »

Le brahmane alla auprès des médecins et leur demanda: « Pour
telle maladie quel traitement feriez-vous? » Alors les médecins lui
indiquent : « On fait ceci, on fait cela. On commence par une cer-
taine écorce d'arbre. »

Le brahmane rapporte de l'écorce et fait le traitement de son
enfant, mais la maladie s'aggrave après le traitement, si bien
qu'elle devint incurable. Le père se rendant compte de son état si
affaibli se décida à appeler un médecin. Le médecin ayant réfléchi
répondit : « J'ai bien autre chose à faire, appelle un autre médecin
pour traiter ton fils ! » Ayant ainsi refusé il s'en alla.

Le brahmane sentant approcher l'heure de la mort de son fils
réfléchit : « Voici, ceux qui vont venir pour voir mon fils ver-
raient toutes les richesses que j'ai dans ma maison, je vais en
conséquence mettre mon fils dehors. » Il porta son fils à l'extérieur
de sa maison et le mit coucher sur une terrasse.

Ce même jour, Bhagavat, à l'heure de l'aurore, se sentit pénétré
de grande compassion et se leva pour regarder les hommes qui
étaient sur le point d'être convertis, ceux en qui le bien poussait
de longues et profondes racines, et ceux qui avaient tourné leur
cœur déjà vers les précédents Buddhas. En examinant le monde
avec son œil de Buddha, il déploya le filet de la science sur l'en-
semble des dix mille mondes. Comme il voyait Maddhakundali
dehors sur une terrasse, la mine qu'il faisait, ainsi couché, lui
prouva que l'heure de la mort du pauvre était venue. Le maître
l'ayant considéré, et remarquant qu'on l'avait fait coucher après
l'avoir porté hors de la maison pensa :

« En vérité, ai-je besoin, en ce cas, de quelque motif profond?
Ce pauvre garçon, ayant apaisé son esprit en moi, ayant fait son
temps, renaîtra dans un palais volant d'or qui aura trente yojanas
de long, et il aura un cortège de mille apsaras ; le brahmane brû-
lera son fils et demeurera en pleurant au cimetière, et l'enfant

devenu devaputto, étonné de son nouvel état, avec ses mille apsaras, ses ornements et ses parures de colliers et ses soixante chars longs de trois gavyutas se demandera: Par quelle bonne action me suis-je acquis un si grand bonheur? En réfléchissant, il reconnaîtra que c'est parce qu'il a apaisé son esprit en moi, et se dira : Mon père, qui pour éviter la dépense ne m'a pas donné de remède pleure maintenant au cimetière, il faut que je change cela. Par impatience, reprenant ses traits de Maddhakundali il viendra s'abattre non loin du cimetière et pleurera; alors le brahmane lui demandera : Qui es-tu? et il répondra : Je suis ton fils Maddhakundali. — Où donc es-tu ressuscité? Dans le séjour des trente-trois dieux. Et quelle action avais-tu donc accomplie? A cette question il exposera comment il est ressuscité pour avoir apaisé son esprit en moi. Le brahmane me demandera ensuite : Quand on a apaisé sa pensée en toi, on renaît donc dans le ciel? Alors je lui répondrai par la stance du Dhammapada qui dit :

Tant il y en a de centaines, tant il y en a de milliers qu'on ne les compte pas.

« Quand cette stance aura été récitée, quatre-vingt-quatre milliers de créatures se convertiront à la religion. Maddhakundali sera sotapanno, et aussi le brahmane Adinnapubbako. »

Après ces réflexions, Bhagavat reconnut qu'il y aurait certainement conversion à la loi pour ce fils de famille. Et, le lendemain après avoir accompli l'acte de la surveillance de son corps, entouré d'une grande assemblée de bikkhus, il entra dans Sàvatthi pour mendier; peu à peu il se rapprocha de la porte de la maison du brahmane, comme Maddhakundali était couché, le visage tourné vers l'intérieur de la maison. Le maître, se sachant invisible par lui-même, émit de son corps un rayon L'enfant se retourna se demandant : « Qu'est-ce donc que cette lumière? » de sa couche il aperçut le maître.

« Voilà qu'à cause de mon père aveugle et idiot, me trouvant près de Buddha il m'est impossible de lui rendre service avec mon corps, ni d'écouter la loi — je ne suis plus même maître de mes mains — il n'y a qu'une chose à faire. » Et pensant ainsi il

apaisa son esprit. Le maître dit : C'en est assez pour lui, puis
s'en alla. Comme le Tathâgata s'éloignait de plus en plus de ses
yeux, Maddhakuṇḍali, l'esprit calme, ayant fait son temps,
comme endormi et soudain réveillé, renaquit dans le monde
des Devas dans un palais volant tout d'or, long de trente yojanas.

Le brahmane brûla le corps de son fils, puis fut tout occupé à
gémir au cimetière; il y allait tout les jours et pleurait : « Où donc
es-tu, mon fils unique, où donc es-tu? »

Et le devaputto ayant considéré sa renaissance heureuse réfléchit ainsi : « Par quelle action ai-je donc mérité ce bel état? » Et
il reconnut qu'il le devait à son apaisement en Buddha. « Quand
j'étais malade, ce brahmane ne m'a même pas donné de remède,
et maintenant voilà qu'il va pleurer au cimetière! il serait con-
venable de changer cela. » Alors sous ses traits de Maddhakuṇḍali,
le devaputto s'approcha tout près du cimetière et pleura en éten-
dant les bras.

Le brahmane le vit : « Moi je pleure à cause du gros chagrin
de la mort de mon fils, mais celui-ci pourquoi pleure-t-il ? Il faut
que je lui demande. »

Il dit alors cette stance :

Toi qui as des boucles d'oreilles si bien polies, qui es richement habillé,
qui portes des guirlandes de jeunes pousses de bois de santal, tu agites les
bras, et tu gémis, pourquoi es-tu chagrin ?

L'autre répliqua : « J'ai un char, tout d'or brillant, mais je ne
puis pas trouver des roues pour lui, voilà le chagrin qui me tue. »

Alors le brahmane dit : « Dis-moi ce qu'il faut d'or ou de pierres
précieuses, ou de cuivre ou d'argent, pour que je te fasse avoir
une paire de roues, bon petit garçon. »

En entendant cela, le garçon se dit : « Il n'a pas même fait les
remèdes nécessaires pour son fils, et quand il voit quelqu'un qui
ressemble à son fils il lui dit : « Je te ferai une roue de char en
or. — Va! je trouverai moyen de te punir » Et il dit au brahmane : Et combien grande la feras-tu la paire de roues pour moi?
— Aussi grande que tu voudras. — Il me faut la lune et le soleil,

donne-les moi tous les deux, la lune et le soleil sont des frères; mon char est fait en or, avec ces roues-là il sera beau. — Enfant que tu es, qui es-tu toi qui demandes ce qu'on ne peut pas demander? il ne te reste plus, je pense, qu'à mourir, car tu n'obtiendras pas la lune et le soleil. »

L'enfant lui dit : « Qui donc est un enfant, celui qui pleure pour avoir quelque chose que les sens perçoivent, ou quelque chose qui n'existe pas? On voit le départ et l'arrivée, on voit les couleurs. Mais celui qui meurt une fois qu'il a fait son temps, il n'est plus visible. Lequel donc de ceux qui pleurent ici est le plus fou? »

Le brahmane, en entendant cela, considéra que c'était bien raisonné. « Mon garçon, tu dis la vérité, c'est sûr, je suis le plus fou de ceux qui pleurent, puisque je pleure un mort qui a fait son temps, comme un enfant qui demande la lune. »

Après cela, consolé par ces paroles, il fit l'éloge du garçonnet et dit cette stance :

La chair enflammée, oh! comme un feu versé d'une cruche, il l'arrose comme avec de l'eau et rafraîchit tout le corps. — Il a enlevé la blessure, il a ôté le chagrin qui habitait mon cœur, le deuil de mon fils qui m'absorbait. — Moi, voici je n'ai plus de blessure, je suis rafraîchi, je suis calmé, je ne suis plus triste et je ne pleure plus maintenant que je t'ai entendu, ô petit garçon!

Et il lui demandait : « Comment t'appelles-tu? es-tu un dieu, un gandhabba, ou bien Sakka le généreux? qui es-tu? de qui es-tu le fils? comment te connaîtrai-je? »

Là-dessus le garçonnet lui raconta : « Celui que tu pleures et regrettes, ton fils, que tu as déposé toi-même dans le cimetière, c'est moi. Car ayant fait une bonne action, je suis maintenant compagnon des treize grands dieux. »

— Mais nous ne t'avons jamais vu faire le plus petit cadeau quand tu étais à la maison, ni même pratiquer le repos buddhique. Est-ce par de tels actes que tu es allé dans le monde des dieux?

— Quand j'étais malade, très souffrant, très épuisé, ayant le corps douloureux, dans notre maison je vis le Buddha sans passions, affranchi de désirs, le Sugata à la haute sagesse, et me sentant le cœur joyeux et l'esprit apaisé je lui fis l'añjali, et c'est par cette bonne action que je suis arrivé à vivre en la société des treize grands dieux.

A mesure que son fils parlait tout le corps du brahmane se remplissait de joie, et l'exprimant: « O merveille, ô miracle, voilà donc l'effet d'une simple salutation. Eh bien, moi aussi, avec un cœur joyeux et une âme apaisée, je vais au Buddha aujourd'hui même, il sera mon refuge. »

Et son fils lui dit : « Aujourd'hui je vais au Buddha comme refuge et au Dhamma (loi) et au Sangha (clergé), le cœur serein. Reçois de même les cinq verbes de l'enseignement entièrement épanouis: abstiens-toi vite maintenant de faire mal aux créatures; écarte tout ce qui ne t'a pas été donné en ce monde; ne bois pas de boisson spiritueuse; ne parle pas à faux, et sois content de ta propre femme. »

Le brahmane consentit en disant : « Bien ». Puis il ajouta cette strophe :

Tu désires le bien pour moi, ô Yakkha, tu désires mon salut, ô divinité. Je veux faire ce que tu dis, tu es mon maître! Je cherche mon refuge dans le Buddha et dans la loi excellente. Je m'empresse de ne plus faire de mal aux créatures, je rejette loin de moi tout ce qui ne m'a pas été donné en cadeau dans le monde, je ne bois pas de spiritueux, je ne parle pas faussement et je me tiens content de mon épouse.

Le devaputto dit : « Dans ta maison de brahmane il y a beaucoup de richesses; va auprès du maître, donne-lui tes biens, écoute l'enseignement de la loi, et fais-lui une question. »

Là-dessus il disparut.

Après cela, le brahmane alla dans sa maison et dit à sa brahmani : « Ma chère, je m'en vais inviter le Samaṇa Gotama, je lui poserai une question, prépare-toi à le recevoir. » Puis il alla au monastère, et sans saluer le maître, et sans lui faire de frais, il resta à part et dit : « O Gotama, accepte pour aujourd'hui de prendre ton repas chez moi avec toute la troupe de tes bikkhus. » Le maître accepta, et le brahmane, ayant reçu cette promesse, courut chez lui, prépara à manger et à boire. Le maître arriva entouré de la troupe des bikkhus et entra chez le brahmane : il s'assit sur le siège qu'on lui offrait et le maître de maison lui témoigna du respect. Une grande foule était accourue, car quand le Tathâgata est invité par un hérétique, deux foules accourent : d'une part les hérétiques qui se disent : « Aujourd'hui nous allons voir l'ascète Gotama bien embarrassé par des questions » ; d'autre part les croyants qui se disent : « Aujourd'hui nous allons voir toute la grâce du Buddha. » Le brahmane s'approcha du Buddha comme ils venaient de dîner, et qu'ils étaient assis dans la maison, et lui posa cette question :

— O Gotama, est-ce que les êtres peuvent renaître dans le ciel, même s'ils n'ont pas fait le moindre don, s'ils n'ont pas entendu le Dhamma, et s'ils n'ont pas observé le repos, uniquement pour avoir apaisé leur esprit ?

— Pourquoi me demandes-tu ceia, ô brahmane ? N'as-tu pas été renseigné par ton fils Maddhakundali qui avait puisé son esprit en moi, sur sa renaissance dans le ciel ?

— Et quand donc, ô Gotama ?

— N'est-il pas vrai que tu es allé aujourd'hui au cimetière gémir, et que tu as vu un enfant, tout près de toi, qui pleurait en levant les bras au ciel, et n'as-tu pas dit alors : En grande toilette, avec de belles boucles d'oreilles brillantes, portant des guirlandes de jeunes pousses de santal doré, etc. ?.....

Et Buddha répéta tous les mots de la conversation des deux personnages et raconta toute l'histoire de Maddhakundali :

« En vérité ce n'est pas par centaines ni par deux centaines qu'on compterait le nombre innombrable de ceux qui sont nés dans le ciel après avoir apaisé leur esprit en moi. »

Comme la grande foule n'était pas unanime, le maître le sachant décida en lui-même : « Que le devaputto Maddhakundali vienne dans son palais volant. »

Et il vint, paré d'ornements divins, et étant descendu de son palais, saluant le maître, il se tint à ses côtés. Et comme on lui demandait ce qu'il avait fait pour obtenir un si heureux état, le maître iui dit cette stance :

Toi, ô divinité, qui te tiens là, d'une couleur aimable, illuminant les régions comme l'étoile du matin, je te demande quelle action tu as faite quand tu étais encore homme.

« Le devaputto dit : Cet heureux état, ô vénérable, je l'ai obtenu pour avoir apaisé mon esprit en toi. — Ainsi tu as obtenu cet heureux état, pour avoir apaisé ton cœur en moi? — Oui, vénérable. »

Et la multitude ayant vu le jeune dieu témoigne sa joie : « Les mérites du Buddha sont merveilleux en vérité ; voilà le fils du brahmane Adinnapubbako, qui sans avoir fait aucune bonne action, par le fait seul d'avoir apaisé son esprit dans le maître, a obtenu cet heureux état. »

Alors le roi de la loi leur raconta que dans ce qu'on fait de choses bonnes ou mauvaises, c'est l'esprit qui est le principal, car celui qui a accompli une action avec un cœur apaisé, lorsqu'il quitte ce monde, il va au monde des dieux, et sa bonne action le suit comme l'ombre suit la personne. Et leur ayant expliqué cela, il apposa comme l'argile du sceau royal en disant, pour terminer, cette stance :

Tout ce que nous sommes est fruit de notre pensée : actes et pensées en procèdent ; si tu parles ou agis avec sérénité, la joie te suivra comme ton ombre qui ne te quitte pas.

(*Dhammapada*, I, 2.

Louis DE LA VALLÉE-POUSSIN, Godefroy DE BLONAY.

ANGERS, IMPRIMERIE BURDIN ET Cie, RUE GARNIER, 4.

ERNEST LEROUX, ÉDITEUR

28, RUE BONAPARTE, 28

MÉMOIRES PUBLIÉS PAR LES MEMBRES

DE LA

MISSION ARCHÉOLOGIQUE FRANÇAISE AU CAIRE

ERNEST LEROUX, ÉDITEUR

RUE BONAPARTE, 28

TOME IV

MONUMENTS POUR SERVIR A L'HIS-
TOIRE DE L'ÉGYPTE CHRÉ-
TIENNE AUX IVe et Ve siècles.
Documents coptes et arabes inédits, par A. AMÉLINEAU.
Un fort volume in-4°. 65 fr.

TOME V

PREMIER FASCICULE : PH. VIREY. Le
Tombeau de Rekhmara.
In-4°, avec planches. 40 fr.

DEUXIÈME FASCICULE : PH. VIREY. Tombeaux Thébains de la XVIIIe et de la
XIXe dynastie, avec planches. 40 fr.

TROISIÈME FASCICULE : G. BÉNÉDITE,
BOURIANT, FOUSSAC, MASPERO,
CHASSINAT. Tombeaux thébains,
avec planches en couleur. (Sous
presse.)

QUATRIÈME FASCICULE : Tombeaux thébains, par le P. SCHEIL. (Sous
presse.)

TOME VI

PREMIER FASCICULE : G. MASPERO, membre de l'Institut. Fragments de la
version thébaine de l'Ancien Testament. Texte copte.
In-4°. 20 fr.

DEUXIÈME FASCICULE : G. MASPERO.
Suite et fin des Fragments. —
SCHEIL. Tables de Tell-el-Amarna.
— CASANOVA. Une sphère arabe.
— Notice sur les stèles arabes appartenant à la Mission du Caire.
In-4°, 25 fr.

TOME VII

PRÉCIS DE L'ART ARABE, par M. J.
BOURGOIN.
In-4°, avec 366 planches. 150 fr

TOME VIII

PREMIER FASCICULE : Actes du concile
d'Éphèse, texte copte, publié et traduit par M. U. BOURIANT.
In-4°. 15 fr.

TOME IX

PREMIER FASCICULE : BAILLET. Papyrus
mathématique d'Akhmîm — BOURIANT. Fragments du texte grec
du livre d'Énoch, et de quelques
écrits attribués à saint Pierre.
In-4°, avec planches. 30 fr.

DEUXIÈME FASCICULE : Le P. SCHEIL.
Deux Traités de Philon, publiés
d'après le manuscrit de Louqsor.
(Sous presse.)

TOMES X et XI

(En cours de publication)

LE TEMPLE D'EDFOU, publié in extenso, par M. le Mis DE ROCHE-
MONTEIX, avec nombreuses planches.
1re livraison. In-4°. 30 fr.

TOMES XII et XIII

(En cours de publication)

LE TEMPLE DE PHILE, par M. G.
BÉNÉDITE, et Recueil des inscriptions grecques, par M. BAILLET.

TOME XIV

(En préparation)

LE TEMPLE DE LOUXOR, par M.
GAYET.

TOME XV

LE TEMPLE DE MÉDINET-ABOU, par
U. BOURIANT. PREMIER FASCICULE
comprenant environ 50 planches.
(Sous presse.)

TOME XVI

(En préparation)

LE TEMPLE DE DÉIR-EL-MÉI
et LE TEMPLE DE BÉHENI (
Alfa), par G. BÉNÉDITE.

ANGERS, IMP. A. BURDIN ET Cie, RUE GARNIER, 4.

www.ingramcontent.com/pod-product-compliance
Lightning Source LLC
Chambersburg PA
CBHW061627180626
46818CB00005B/2273